사색시리즈 3

이별에 관한 사색

박정희/지음

THOUGHT ON PARTING

나답게 · 우리답게 · 책답게
도서출판 답게

헤어짐에는 때때로 놓치고 가는
박하 향내 같은
여운이 있다.

• 책머리에

우리의 이별은
이미 준비된
슬픈 질서

가야 할 때를
미처 모르고 사는 동안
문득 앞질러 찾아온다

이별의 아픔을 다스리는
차고 맑은 인내의 뒷뜰에서

떨어진 나뭇잎새의 평화와
가라앉은 소리의 담담한
자유를 만난다

이별의 아픔이 건져올린
험집없는 사랑의 실체를
만나기도 하고

이별, 그 뒤에 남겨둔
박하 향내 같은 여운과
빈자리에 고여 있는
처절한 기대를 주워보기도 한다

이별이 아니었다면
영영 모르고 살았을
비어있는 여백의
아름다움

한 세월 찾아 헤매던
당신이 그리움인 줄
진정 알게 되고

"…님은 갔지만
보내지 아니한…"

이별은 그때부터
소중한 삶의
발견이 비롯된다.

이별에 관한 사색

차 례

너와의 이별은
아름다움의 탓이다

너와의 사랑은
꽃과 새들의 축복이었고

너와의 이별은
바람과 구름의 창 끝에서
금이 가고 붕괴되기 시작했다.

이별의 책임은
우리가 아니고

바람의 뒤틀린
시기심 탓이며

우리의 빛나던
그 아름다운
날들에 대한

구름의 끝없는
부러움과 파괴의 눈길

그 무서운 욕구의
저항 때문이었다.

너의 눈물은
네가 안으로 삼켜야 할
네 몫이고

나의 슬픔은
두고 두고 바위에
새겨야 할
마지막 언어로 남았지만

우리의 이별은
우리가 너무
아름다웠던 탓이고

우리가 너무
부러움과
시기심과 원망의 표적이 되어

무너뜨리고 싶은
쏘아버리고 싶은

언덕 위 하얀
비둘기장의 눈부신
한 쌍이었던 까닭이다

어느날, 우리는
피 흘리는 파랑새가 되어
멀리 멀리 추락 하였지만

우리는 헤어져도
아름답다

서로의 가슴에
사랑을 심어주고

바람 때문에
구름 때문에
떠나온 우리는

피 흘리며 헤어져도
서로를 가슴에
가득 안았고

우리는 헤어져도 파랑새의 날개만으로
얼마든지 아름답다.

지혜로운 이별은
이별이 아니다

서로 앗아가지 못할
영원한
꿈의 계절을 간직하고

아무도 넘나들 수 없는
우리 파랑새의 지혜로운
이별은 이별이 아니다

산도 들도 시냇물도
그런 이별을
노래하고

꽃도 새도 나비도
그런 이별을
겪어 왔다 하는데

너와의 이별은
바람의 탓이라고

우리의 이별은
구름의 탓이라고 그렇게 말하자

너는 나에게서 떠나는 듯
떠나지 않았고

나도 너에게서
날으는 듯 날아가지 않았다

우리의 이별은
이 땅에 발 붙히기에

너무 하얀
아름다움이었고
너무 귀한 정겨움이었던 탓이다.

이별의 슬픔과 아픔

이별은 만날 때 나누던
종달새의 기쁨을 잃어버리게 하고

이별은 만날 때 주고 받던
속삭임을 더 이상 지속하지 못하게 하고

그 눈길 그 입술의 뜨거움을
차디차게 얼어붙게 한다

이별의 장벽 앞에서는
아롱진 꽃반지의 사연도
푸슬 푸슬 흩어지는 눈가루가 되고

고개 넘어 끊어질 듯 들려오던
갈대밭의 풀피리도

젖은 지붕 아래 병든 새 울음처럼
꺾이다 꺾이다 멈춰버리게 한다.

이별은 너와 나, 따로 사는
세상을 멀리 떨어뜨려 놓으려 하고

그 한가운데 넘나들 수 없는 무섭고도 슬픈
팻말을 못박아 놓았다

이별이 슬픔인 줄 미처 모르던 때
우리는 이별이 노래 같은 줄 알고

이별이 아픔인 줄 미처 모르던 때
우리는 이별이 흐르는 강물 같은 줄 알고

만남보다 향기로운 이별이라고
만남보다 아름다운 이별이라고

흐릿하게 마주보는 권태로움보다
돌아서는 뒷모습의 안타까움을

이따금 적어놓고 다시 보며
조용히 연습하고 준비하기도 하였다

이별은, 그러나 노래 같은 것도 아니요
흐르는 강물 같은 것도 아니다.

이별, 그 이전의 다정함만큼
찢겨져나간 나뭇가지의 상채기는 깊고

그 이전 햇살 아래 구슬을
궁글리던 반짝임만큼

계단마다 밟히는 그림자에
천근 가슴이 무너진다.

너 없는 아침 강물은
간밤에 만났던 너와의 꿈을

다시 꺼내고 다시 감추고
잊어버린 약속을 다시 찾으면서

행여 꿈에서가 아닌
너의 출현을 기다리다 간다.
가다가 멈추고, 멈추다 그냥 간다.

너 없는 저녁 하늘은
더 오래 오래 촛불을 밝힌 듯

창 유리 가까이서
붉은 눈시울로 몰래 울고 있다

너 없는 봄날이
올 수 있을까

네가 없는 땅에 봄이 오다말고
돌아서 가지나 않을까

그러나 이별 그 뒤에도 해마다 봄은 오고
너랑 보던 꽃나무 울타리
그 한가운데 키작은 풀밭

거기 오래도록
새가 울고 나비가 날고

행여 네가 와서 앉을까봐
찬 이슬을 걷어내고

밤하늘의 별 중에 가장 빛나는
너의 별을 골라내어

검푸른 뒷산에서 불쑥
솟아오른 그 넉넉한 달빛 속에

눈부시게 눈이 부시게
흔들어 비쳐보고 또 보곤 한다

여름바다 그 파도속에서
너는 온종일 울부짖듯 나를 부르고

나는 또 종일 네가 서 있던 자리
앉아있던 자리를 말끔히 지워낸다.

바다에 가서 울지말자고 하던
바다의 슬픔을 알고 있던 너는

끝없이 펼쳐진 백사장 어디에도 지금은 없고
벼랑끝 등대 너머에도 너는 없다

가을에는 떨어지는 낙엽을 바라보면서
우리의 이별을 준비하기도 했다

우리 모두 언젠가는 현실을 등지고
우수수 떨어져 땅에 눕는

무게를 버린 낙엽의 가벼움을
본보기로 배우고 살았지만

그 낙엽깔린 산길을 걸으면서도
우리가 낙엽이 될 줄을
그런 날이 그토록 빨리
올 줄을 몰랐다

오색 찬란한 가을 단풍의 숲속에서
떨어진 나뭇잎새의 이별이

불꽃으로 타오르다가
잿더미로 바람에 흩날려 갈 때까지도
우리는 모르고 살았다
그날이 그렇게 올 줄을

가을 낙엽의 이별은
그것이 마지막 잎새가 아니기를 바라면서

가까이 익숙하게
늘 손이 닿는 곳에서
계절을 장식해 준다고 믿고 있었다.

마지막 잎새는
그림 물감으로도 그려낼 수 있어서

'마지막'이란 말을
'이별'이란 말을 아껴둘 수도 있었다

가을이 오기도 전에
이별의 계절을 준비하기도 전에

해맑은 그림자 하나 호수에
남기지 않고 떠나간 너는

푸르름만 가득한 하늘가에서
아무도 목 축여주지 못한
오래 목마르던 그 갈증을 달래고 있는가

향긋하게 익어가는 감나무
가지 끝에 어느새 앉았다 일어나 떠나갔는가

잠시 들렀다간 흔적이라도 보이면
닫힌 문 앞에서 들어가지 못하는 일이라도 생겨날까봐

그렇게 황망히 그림자도 움켜쥐고
머물 수 없는 가을의 언저리를
혼자서 맴돌다 갔는가

가을에는 고깃배가 먼 바다에서
자주 돌아오지 않는다.

어디서 누군가 파릇하게 살고 있다는
소식을 가득 실은 조각배조차도
자주 드나들지 않는다

가을에는 들녘에 알곡만 늘어지고
능금나무 열매만 더욱 늘어지고

그립고 애타는 소식을 실은
돌아오는 뱃소리는 들을 길 없는데

쓸쓸한 문고리를 흔드는 건
빈 가슴 훑고 지나가는 바람소리뿐.

헤어짐, 그 이후
'이별은 마지막'이 아니라던
너의 말이 밤마다 생각나고
'이별은 영영 마지막'일지도 모른다던
나의 말 또한 자주 잊어 버리기도 한다.

산과 들에 흰 눈이 덮이는
겨울이 오면 우리는 어쩌나

너와 나를 가로막는
이별의 슬픈 장벽 위에

다시 눈이 쌓이고 눈이 덮이면
우리는 정말 어쩌나

나뭇가지도 풀이파리도 모두
하얗게 눈 속에 파묻혀

어디서 어디까지 산길이 열리는지
뱃길은 또 어느 나룻터에서 시작하는지
막막하고 황량할 때면

깊은 눈더미 아래, 더 깊은 얼음물
아래
물고기의 숨소리가 들리는 듯 귀 기울인다.

이별이 슬픔인 줄 미처 모르던 때 우리는 이별이 노래 같은 줄 알고……

이별과 그리움의 강물

이별의 강물이 밀려오고 있을 때
우리는 누가 먼저 아름다운
뒷모습이 되어 물에 빠지듯 사라져 보이랴 생각하였고

생각보다 앞질러 우리 앞에
이별의 강물이 흐르고
저편과 이편으로 갈라졌을 때

지난날의 작은 둥지가
사랑을 키워준 화초밭이었음을
비로소 생각하기 시작했네

그 작은 창문을 비집고 들어왔던
봄기운이 우리의 찻잔을 더운 물로
넘치게 채워 주었고

까실하게 마른 가슴으로
서로 비비고 아프던 둥지 언저리를

주전자의 물안개로
목 축여 주었고

줄무늬 헝겊을 짜 맞추어
덮어주고 가려주고 빈틈을 메워 주었던 건

그 작은 둥지가 우리의 쉼터이며
또 모두의 샘터이기도 했었음을
비로소 뒤늦게 생각하기 시작했네

이별이 사랑을 잃어버리고
쉼터를 잃어버리고
모두가 목마른 샘터까지 잃어버리고 나서

그 작은 영토의 평화에 대해
비로소 아쉽게 생각하기 시작했네

창문으로 들어오는 계절을 바꾸어
우리는 두꺼워졌다가 얇아졌다가 하는
몇 번의 변화를 결쳐 입고

끊임없이 터져나오는
묵은 주머니의 작은 모래구멍을

자주 뒤집어 찾아낼 때마다
메웠다 다시 뚫리는 그런 때마다

누가 먼저 뒷모습을 아름답게
다듬고 물에 뛰어들고 싶어하는지 우리는 알았고

두렵고 슬프지만 고통으로 그려내는
벽지 위의 맨손 그림도 아름다울 수
있다고 생각하기 시작했네

서로를 위해 오색 털실로 추위를
가려두는 깊고 따스한 이별의 인사라면
얼마든지 아름다울 수 있다고 생각하기
시작했네

눈물의 골짜기를 헤매어도
우리는 함께라야 열매를 거둘 수 있고
함께라야 뿌리를 캐낼 수 있다고

두려움을 모르던 때는
노래가 강을 건너 산을 넘어
더 한바퀴
돌기도 했지만

어디선가 뱃길이 끊어지고
논밭이 메말라 갈라졌는지

우리의 이별이 고개 넘어 밀려오고 있을 때
하늘 하늘 서로 꽃잎을 뿌려주듯
손목을 놓고 돌아서는 예법을 알게 되었네

지난날 작은 창문에 밀려들던 봄날이
가을로 겨울로 바뀌어도
더운 물은 언제나 그 잔에 넘치고

화초밭은 더 푸르고 향긋하고
작은 영토의 평화는
아직도 변한게 전혀 없겠네

이별의 강물을 사이에 놓고
우리의 헤어짐은 아름다웠다고
꽃도 새도 모두 같은 말을 하고 있지만

그 창문에 밀려들던
싱그러운 봄기운에 잔잔한 바람도
촉촉한 공기도 향긋하던 우리의 쉼터를

우리 말고 더 많은 우리가 모두
목 축이던 샘터가 되었음을

아직도 아쉽게
생각하고 있네

생각보다 앞질러 우리 앞에 이별의 강물이 흐르고……

"님은 갔지만 보내지 아니"한 이별

“님은 갔지만
나는 보내지 아니하였습니다”

〈님의 침묵〉에서 보여준
님을 지향한 나의 결연한 의지는
처절하도록 아름답기만 하다.

내가 보내지 아니한 님은
언제까지나 내곁에 있을 수밖에 없고

님과의 이별은
내가 이를 거부하는 한
이별로 끝나지 않았으며

님과의 사랑, 님과의 진실을
내가 소중하게 간직하는 한

님은 진정 떠나지도 않았고
나도 또한 보내지도 않았다

님께서 떠나려 할 때에
언제라도 문을 열어놓으면

몇 발자욱 바람만 마시고
돌아서 들어왔으며

님께서 또 다시 떠나려 할까봐
내가 먼저 집을 나서
종일 내 그림자만 밟고 돌아다닐 때

님은 또 내가 떠나지 못할 것을
미리 알고 무거운 짐
모두 풀어 놓았으며

님은 나를 보내지 아니하였고
나는 님을 보내지 아니하였고

지금은 헤어져 멀리 있어도
우리는 서로를 보내지 아니하였다

이별이 서로를 떨어져 있게 하는 건
다만 잠시 동안일 뿐
내 마음 속에 크게 자리한
님은 아무도 움직일 수 없는 그런 곳에 있었다.

님의 눈빛은 어느 눈오는 날
종소리 울리는 돌계단 근처에서
무슨 축복의 눈가루라도 뒤집어 쓴 듯

수줍게 떨면서
올려다 보았고

잔잔한 시냇물가 새노래 같은
님의 말소리는
갈래머리 등 뒤에서

높았다가 낮았다가
끊어질 듯 이어질 듯
애가 타도록 숨이 멎도록

은은하고 뭉클하게
나의 빈속을 뒤흔들었다.

님은 내가 다가가면
어느새 떠나고 없었지만

나는 님의 부재의 싸늘한 절벽을
마른 이마를 대어보고
젖은 뺨을 대어보고

만남에서 이루지 못한
이별의 찬란한 설움을 토막으로
깎아서 심어놓고

잃어버린 시간을 되찾아 오듯
어느 봄날, 꽃나무 뒤에서 나타났다가
푸른 초원 그 밑에서 어른거렸다가

나의 눈물의 창가에 걸터앉아
남쪽 바다의 모래밭을 노래하고
동쪽 산봉우리를 읊조리고

그렇게 오래도록 함께 한 것처럼
님은 서성거리다 머뭇거리다 갔다.

님의 어깨 위 무거운 짐이 내려지고
님의 오랜 방황이 끝날 무렵이면

나는 또 끊임없이 떠날 채비를 하고
무겁지 않은 짐을 걸치고
문밖을 기웃거려 탈출을 시도한다

나에게 님이 소중한 만큼
님에게 나도 소중한 무엇이 되고 싶어
무겁지 않은 짐을 지고 문밖을 기웃댄다

님을 보내지 아니한 내마음처럼
나를 보내지 아니한 님의 마음이 있어
나는 번번히 돌아와 짐을 푼다.

"님은 갔지만 보내지 아니"한 이별

님은 멀리서 내가 이미 돌아와
님을 보내지 않고 살고 있는 줄 알고 있으며
사랑의 이별이란 얼마나 가슴 아픈 줄
님은 모두 알고 있다.

앞으로의 전진은
이별에서 비롯된다

앞으로 나아가는 전진의 모습은
끊임없는 오늘과의 이별에서 비롯된다.

현실에서 한 발자욱은 늘
떼어놓고 앞을 향해야
걸음걸이의 균형이 잡힌다

두발을 지상에 붙이고 사는 사람은
앞으로 나아갈 수가 없다.

어디론가 더 높이 더 멀리
떠오르고 싶은 이상 때문에
오늘의 길들인 풀밭에서 늘 떠나야 한다

크게 한 발자국으로 떠나기 시작하며
두 발자국 모두 날아 올라
열정적인 비약을 시도할 때

오늘을 떠날 수밖에 없고
끊임없이 헤여질 수밖에 없고

날개와 발자국이 그려내는 풀빛 설계가
영롱하게 반짝이는 이슬에 젖어, 다시 오는 새벽에서
새벽으로 이어지고 있다.

이별을 서러워할 틈조차
앗아가는 숨찬 바퀴 소리가

화살이 날아간 속력을
찾아내기 위해 땀을 흘린다

언제부턴가 홀로 외로이 고귀한 길을 닦기 위하여
정 붙인 산천을 떠나 살아야 할

세상 이치와 삶의 근본을
캐내고 파들어가기 위하여

사랑하는 이와 헤어져
깊은 명상 속에 얼어붙는
외로움을 홀로 달래며 살아야 한다.

고전적 이야기 주머니에서는
이별의 슬픔이 한결같이
아름다운 만남으로 이어진다.

아픔의 정점에서 옥중의 철문이 열리고
영광의 꽃방석에 천지를 뒤흔드는
노랫가락이 흐르고

얼싸안고 춤추는
눈물의 파도 위에

피맺힌 고초를 구비구비
버티고 지켜온 디딤돌이
뽀얗게 앞길을 가로질러 떠오르기도 한다.

하지만 이별은 앞을 향해 떠나간
발자국의 멀어지는 기침소리를
밤마다 아득하게 들리게 하고

활개를 펴고 먼 하늘로 날아간
힘찬 날개짓의 내일이

어느 잔잔한 수평선에
가지런히 신발을 벗어놓도록
평온한 자리를 펴 두고 있다.

모든 이별이 앞을 향해 가고
소식도 없는 산 너머로
뒤따라 앞만 보면서 또 이어져 가고

해 뜨는 곳이 앞에 있고
꽃 피는 곳이 앞에 있다고
모두들 먼동이 터오는
앞길을 밀어가며 쓸어가며

피나게 피나게 오늘을 벗어나
발이 닿는 체온을 떠나 뒤쳐지지 않으려
달려가고 또 달려가고 하였다.

떠나가버린 이들은
먼 길 끝닿은 지점에서
더 높은 봉우리를 향하여

가물 가물 시야에서 멀어져 갔고
젖은 땅에 남겨진 이들은

빈 자리에 스치는 바람소리도
놓치지 않고 차곡차곡 포개어 쌓아두려 하였다

한번 가서 소식없는 강물처럼
떠난 사람에게서는 가랑잎 하나
날려오지 않고

더 높은 곳의 더 빛나는 지역의
별빛 옷자락을 행여 붙잡았는지도 모를 일이다.
그 눈부신 원형의 절정에서
첫 발자국을 떼어놓던 강나루터를
영영 멀리하고 잊었는지도 모를 일이다.

어쩌면 한순간도 그 물가의
외딴집 울타리를 잊어본 적이
없었는지도 또한 모를 일이다.

고귀한 길을 걷기 위해
스스로 외로이 침묵하며

정 붙인 땅과 이웃을 끊임없이
떠나면서 몰려오는 구름장을
헤엄쳐 앞으로만 내달았지만

어느날 영원에 이르는 길에서
민들레 채송화가 만드는
납작한 평화를 찾아보게 된다.

사랑했으므로 헤어졌네

너무 사랑하기 때문에
헤어진다는 사랑의 역설을
만날 때가 있다

이별의 뼈아픈 통증을 감내함으로
어떤 사랑의 고뇌를 극복하게 만드는
처방이 될 수 있었는지도 모른다

그립고 보고 싶어 밤을 지새는
절망의 어둠 한구석에서
스스로 선택한 이별에
마지막 위안을 붙잡고 매달려보는지도 모른다

사랑하는 이의 해맑은 미소를
다치지않게 살려보려고

남모르게 지니고 살아온 어둡고 눅눅한
슬픔의 구름장을 온몸으로
가리고 막아서서

사랑하는 이를 들려 세워
뽀얗게 하늘로 향한 오솔길로 날려 보내고

치유될 길 없는 자신의 병적 우울속으로
혼자 돌아와 주저앉는 그런 것을 말함일까

누가 그에게 이별의 까닭을
물어보는 이가 있는가

너무도 지독하게 사랑하였으므로
그 사랑이 너무도 여리고 고와서

상할세라
다칠세라
지레 멀리 떼어놓고 돌아섰다는

그 이별의 까닭에 대해
누가 무엇을 어떻다 말을 할까

곁에서 더욱 가까이
마주하고 지내는 동안 꿈처럼 향긋했고

서로의 어느 빈 공간이
채워진 듯 오래 모자라던 물높이가
가득 넘쳐 오르고

싱그러운 눈동자에 서로를
눈부시게 담아 간직하고 있을 때

행여 어느 틈에 유리알이 깨어지듯
다칠세라
상할세라

사랑했으므로
헤어진다는 서러운 의지를
눈물로 마주 보면서

이별의 아픔이 건져올린
험집없는 사랑의 실체를
떠내려 보낼 때가 있는 것이다

크고 위대한 또 하나의
완성을 창조하기 위하여

오랜동안 하나로 응어리진
알찬 결합도 눈 녹은
골짜기 개울물처럼 해체된다

지상에 쌓아올린 피땀의 결실은
하늘을 찌르는 웅장한 문화를 낳았지만

그 완성을 위해 젊음의 향기를
꺾어버린 무수한 이별의
낭떠러지가 있고

그리움과 기다림의 얼굴이
무수히 나타났다 사라지는
푸르른 연못가의 절망이 있었다

이 지상에는 이별의 슬픔을
딛고 일어서야 비로소 세워지는
위대한 완성이 아직도 있다

봄비가 촉촉히 적셔주는 땅 위에서
누구의 눈물이 구름이 되었다가
산 넘어 언덕 넘어 물안개가 되었다가

생각나는 골목길을 속속들이
찾아 다니며 끊어진 소식
막혀 있던 줄거리를 연결하는지

누구의 눈물이 봄비가 되어
잊어버린 날들을 찾아 주는지

어느날의 이별을 통해
그후 오랜 그리움을 통해

되돌아 오는 길, 되돌아 가는 길을
가까이 선명하게 보게 된다

역사 속에는
자신의 삶이 너무 소중해서
스스로 홀로이기를 선택한

외로운 천재들의
이유없는 이별이 있다

자신의 존재만도
힘에 겨웁고 무거워
항시 신열에 끓는 육체를

고통스러워 내던지려 하던
외로운 천재들의
홀로 떠나는 길목에는

항시 수북하게
흰 눈이 쌓이고 있었다

많은 사람들은 보고 싶다고
생각하는 현상만을 보고

화창한 봄날의 꽃밭을
노래 하는데

불행한 천재는
보고 싶다고 생각조차 하지 않은
어둡고 침침한

비밀의 열쇠 구멍까지
확연히 들여다 보고
오랜 훗날의 운명마저 끌어들여 아파하며 산다.

물장구 치는 쾌락, 그것밖에
보지 못하는 방황의 바다에서

점점 밀려나 외톨이가 되어버린
천재는 한겨울 백사장에 앉았다 가는
철새의 가녀린 발목까지

놓치지 않고
쓰다듬어 살펴보며 산다

삶의 시작은 사랑이었지만
삶의 연장은 아픔이었다고

어디선가 나뭇가지 위의
새소리처럼 들릴 듯 말 듯
전해주고 싶어 하지만

아직도 빛을 향해 상승하기 위해서
어둠 속으로 뛰어들어야 하는
슬픈 열정을 아무도 모르고 있다

사랑하는 이와의 결별이
죽음에 이르러 문턱으로 이어진다 해도

거미줄에 얽힌 인연의 줄을 끊고
비어있는 자리에 남은
허기진 자아를 건져 올렸을 때

이별 이후에 전개되는
물속 깊은 데 숨겨져 있다는
용궁같은 세상에 거주할 자격을 얻는지도 모른다

남들이 말하는 산너머 저편의
행복을 보지 못하고

남들이 실망하고 되돌아 오는
참담한 고통만을 껴안고

일찌감치 꿈꾸기를 멀리한
외로운 떠돌이의 고향에는

이별이 안겨준 커다란 공백의 허전함과
이별이 채워준 커다란 부피의
구조물이 우뚝 서서

지상에는 흔적없이 사라지는 것이
결코 없다고 말해주고 있다.

사랑의 소박한 완성을 위해
이별의 찢어지는 통증을
인내한 황량한 갈대밭의 암흑도

밝아오는 새날의 태양을 향해
흙무더기를 털고 고개를 내민다.

헤어짐으로 인해 무엇인가
이루어낼 수 있는 아름다운
결실이 있다면

언제고 기꺼이
오던 길을 돌아서
서로 보이지 않는 나무등 뒤에서

너무 사랑했으므로
헤어진다는 이별의 사연을 적을 수 있다

이별이 남긴 박하향

헤어짐에는 때때로 놓치고 가는
박하 향내같은 여운이 있다.

이제는 또다시 만날 날이 없다고
울면서 떠난 자리에

목덜미에 걸쳤던 얇고 하늘하늘한
목수건이 그림처럼 놓여 있을 때가 있다

아마도 그 목수건을 찾기 위해
주인공은 홀연 나타날 것이라는
처절한 기대를 갖게 한다

또다시 만나고 싶은 구실을 위해
목수건은 거기 있었는지도 모른다는 희망을 갖게 한다

그래서 잃어버린 것을 찾아내듯
둘이는 "아!" 다시 만날지도 모른다는
실오라기에 매달린다.

이별은 목수건 말고도 여러 가지를
머물다간 체온 그 위에
고스란히 남겨두고 떠난다.

감추고 살아온 외마디 비명 같은, 아픈 글귀 같은 것도 있고
아무리 뒤집어 털어내도
알 수 없는 비밀의 주머니 같은 것도 남아있을 때가 있다

덩그러니 떠나간 빈 자리를
가장 무겁게 내리누르는 건

아무런 빛깔도 의미도 아닌
속쓰린 아득함 따위들

아득하고 막막한 그 머나먼
시공을 향해 어찌할 바를 모르는
타 들어가는 검은 숯덩이의 불씨들

이별이 두고 간 작은 씨앗은
까맣게 잊어버리고 사는 동안

어느 세월의 모퉁이에서
무성한 푸른 가지를 곁들인
키 큰 능금나무로 성장할지도 모른다.

헤어짐의 현장에서 흐르던 음악은
수십 년 되풀이 재생되어
어느 순간 그날 그 이야기를
길게 되살려 내고

햇살을 등진 머리카락의 율동이
눈부시도록 그 잔디밭을 뒹굴던
구슬 알맹이의 가락이 아련히 되돌아 들려온다

이별의 설움을 흔들어주던
어느 항구의 출렁이는 물결이
아직도 선착장마다 매달려 있고

오고 가는 나그네의 낯설은 설레임에서
네가 떠날 때 보여주던
눈물의 진실을 읽는다

가버린 날의 사연은 희미할수록
눈 시리도록 선명하게
너는 그 자리에 남아 있다

떠나는 시간을 기다리는 사람들은
대합실에 붙어 있는 짧은 화살표에
눈앞이 찔린 듯 흐려져가고

다가올 내일의 너와 나, 그 불확실한
바다의 깊이를 너무 멀리 떠나와
잡은 손을 차마 놓지 못한다.

다시 돌아올 수 없는 이별일수록
뜨거운 다짐을 거듭하지만

못박아 놓을 어떤 언약도 없어
토막처럼 잘려나가는
시간을 지켜보아야 한다.

곁에서 넘쳐 흐르던
꽃가루 같은 행복

때로는 아늑한 권태로움인양
저편에 밀쳐놓았던 단조로운
아침과 저녁의 조용한 인기척 소리

무심히 밀어보낸 모래알 같은 시간이
어느새 쟁반만큼
뒷산만큼 부풀어 크면서

진정 너는 나에게 비로소
소중했음을

크게 더욱 크게
눈시울에 담아둔다.

우리 사이에 하늘의 별을
흉내내며 다가와도
허락하지 않았고

너와 나 사이에
장미가시나 바늘끝만큼의
틈서리도 용납하지 않았던

항시 불완전하여 목말라하던
우리의 특별한 가능성의 세계

서둘러 가득 채우기를
욕심내지도 않았고

유별나게 모자라고 허술해도
그리 많이 부끄럽지 않았던
우리밖에 모르는 특별한 가능성의 세계

목표지점도 외딴섬이 아니었고
높고 먼 봉우리가 아니어서

서로 밀고 당기면
쉽사리 다다를 수 있는
그래서 빈자리를 조금 남겨두었던
얕으막한 언덕바지 근처였는데

우리의 손목은 영영 놓치지
않아도 되는 줄 자신했는데

그 지속성은 얼마든지
연장될 수 있는 것으로 깊이 자신했는데

보이지 않는 끄나풀로
칭칭 동여맨 그 아픈 결속의
사슬이 맥없이 끊어진 것이다

이별의 갈림길 저편에서 가물 가물
멀어지면서
그림자조차 지워지면서

그때 우리는 비로소
우리에게 우리자신 너무도 소중했음을

흐려지는 눈시울에
크게 크게 담아둔다

떠난 뒤에 남겨지는 것이
마른 이파리 같은 가벼움뿐일까

그 이파리에 스쳐지나가는
물기 묻은 바람결 같은 것 그뿐일까

남아있는 작은 불씨가 일구어내는
눈부심으로 아직 거두지 못한
열매랑 줄기랑 가득 담기기도 하고

얼음 얼었다 풀리는 강가의
희열이 전율처럼 퍼지는 물줄기
그것을 만나기도 하고

문득 생각날 때
되돌아올 수 있도록
낯익은 돌무더기도 그대로 있다

논둑길 밭둑길이 맨발에 촉촉하게
그대로 부드럽고

누가 볼세라 숨죽여
물마시던 샘터 언저리
표주박에 담긴 물이 맑게 고인 그대로 있다

바람은 서성거리며 아직도
긴 방황을 멈추지 못하지만

떠나는 길 돌아오는 길을
넉넉하게 열어주기 위해

갈대숲 옥수수 사잇길을 오며 가며
끊임없이 몸비비고 헤엄쳐든다.

이별 그 뒤에는 내일이 없지만
박하 향내도 남아 있고
목덜미를 가리던
얇은 수건도 흐르듯 남아 있다

눈가에서 번지던 물기와 웃음
그 어느 쪽도 거리는 멀지만

가슴으로 다가오면
불에 덴 자리처럼 뻐근하고 짜릿하게
상채기로 남겨진다

눈물의 두께 저편에서 보면
이별, 그 뒤에도 아지랑이 같은 무엇이
아롱 아롱 남아 있다.

이별의 빈자리

이별은 좀처럼 메꿀 수 없는
크고 깊은 빈자리를 남긴다.

떠나는 쪽에서는 발자욱도
지우고 간다 하지만
보내는 쪽에서는 한 번 더 돌아보는
눈길도 거두어 안고 보낸다 하지만

이별의 빈자리는 서둘러 메우려 하면 할수록
그 둘레는 너무 넓어지고
그 깊이는 너무 깊어진다

둥지에서 날아간 새 한 마리의
앉았다 간 자리도

떠난 뒤에 다시 보면
너무 넓고 너무 깊다

제자리에 들어와 자리 잡았을 때
몰랐던, 빈 공간에 대한 새로운 발견

이별은 분명 떠나는 존재, 그 주변의
가득하던 어떤 것들을 한꺼번에 싸 짊어지고
사라지는 것일까

비오는 날 우산 속에서 처음
손을 잡았던 우리들의 이별, 그 이후

홀로 남겨진 우산 속은
사막에서 만난 폭풍처럼 흔들린다

그후로 오랫동안 우산 속에선
손을 잡았던 감촉, 그 미묘한 떨림이

때로는 촉촉하게
때로는 뽀송하게 자리 잡는다.

이별의 빈자리가 아픔이기도 하지만
혼자서 꾸며보는 전혀 새로운
고요와 명상의 세계이기도 하다.

기억속의 주인공조차 뒤늦게
참여할 수 없는, 이미 그 무엇으로도
바꾸거나 보상할 수 없는
특별한 우산 속의 세계

처음 손을 잡고 떨었던
연초록의 안개속 같은
그런 공간이 된다.

풀리지 않는 어려운 매듭 때문에
밀고 당기다 낚시 바늘에 찔리고

오뉴월 호숫가에서
청개구리처럼 통곡하는 또 다른 이별을 본다

어디선가 싱그러운 풀향내가 다가와
매듭 푸는 일을 도와주려 했지만

밀치고 당기기를 너무 오래 했던지
둘이는 주저앉아 통곡을 하고
날이 새자 어디론가 흩어져 갔다

오뉴월 호숫가는 너무 푸르고
울면서 헤어지기에는 너무 아련했다.

봄철이 무르익어 꽃과 잎새가
한데 어우러지고

첫 여름에 들어서는
길목에 오면

나무 뿌리 근처에서도
녹색 숨소리가 들리고

덩어리 흙 가운데서
꽃씨가 흘린 한줌의 향내를 맡는다.

울고 떠난 이들이 돌아와 보면
호숫가의 어려운 매듭들은 이미 풀려 있고

밀어붙일 산더미도 없고
잡아당기고 끌어들일 무슨 질긴 인연도
남아 있지 않음을 본다.

다만 반짝이는 햇살 아래
그 통곡하던 빈자리만
덩그랗게 설명을 못한 채 주저앉아 있다

계절은 가고 또 몇 번째 오뉴월이
다시 지나가고

그 싱그러운 바람속에서
그토록 오래 풀리지 않던 매듭을 붙잡고

울면서 헤어진 그들이 아직도
설명하지 못하는 빈자리

호수의 또 다른 슬픔까지
한데 젊어진 듯 너무 깊게 파들어가 있다.

우리의 만남이 누구의 따스한
바람으로 마련되었는지 모르는 것처럼

우리의 이별도 누군가의 거역할 수 없는
슬픈 질서를 따르기 위해 비롯되었는지
또한 아무도 모른다.

만남이 의도된 너와 나의 약속이 아니듯
이별 또한 우리의 설계된 계획이 아니다

할 수만 있다면 우리의 삶에서
서로 헤어지는 이별의 부분만은
삭제하고 영영 지워보고 싶었다

수많은 만남의 횟수만큼
우리는 또 무수한 이별의 강물을
넘나들어야 한다.

할 수만 있다면 이별의 쓰디쓴 잔이
내앞을 저 멀리 지나쳐 가주기를
고대하지만

이미 준비되어진 순서처럼
이별은 어느 순간 문득 찾아온다

가야 할 때가 언제인가를
우리는 모두 모르고 살고 있기에

그때를 미리 알고 돌아서는 이의
뒷모습은 아름다울 수밖에 없는 것일까

이별이 서러우면 그럴수록
고요하게 극복하는 모습은 아름다워야
하는 것일까

이별의 아픔보다 그뒤로 오래 잡아당기는
지울 수 없는 그 아름다운 뒷모습 때문에
더욱 더 큰 통증이 가중된다 해도

설움과 아픔을 다스려가는
얼음처럼 차고 맑은 인내의 뒷뜰에서
깊은 호수는 그림자만 퍼담고 살아야 한다

만남의 계절에 보지 못한 응달진
처마끝의 이음새가 새삼 오묘하게 보이고

꽃이 피고 나비가 나는
화창한 푸른 동산에서 보지 못한

떨어진 마른 잎새의 평화와
가라앉은 소리의 담담한 자유를
선명하게 가려내게 된다

가야 할 때가 이르러도
차마 떨치고 나서지 못하는
이별의 두려움과 스산함을 가득 안고

서성거리고 머뭇거리고
그러다 주저앉아버린 마루 끝에

출구를 향한 정갈한 신발이
날아갈 듯 사뿐히 놓여 있다

봄철이 무르익어 꽃과 잎새가 어우러지고
첫 여름에 들어서는 길목에 오면

나무 뿌리 근처에서도 녹색 숨소리가 들리고
덩어리 흙 가운데서
따스한 살결의 감촉이 만져진다

이미 준비되어진 순서처럼 이별은 어느 순간 문득 찾아온다.

외딴섬의
이별과 고독

섬을 떠나 물 위에 표류하는
조각배였다가 가랑잎이었다가
영영 소식이 끊긴 떠나간 사람

노을 붉게 물든
바다에서 만났다는 풍문도 있고
육지에서 땅을 일구며 산다는
소식도 있다

섬을 떠난 사람은 자나 깨나
바다 위에 떠있는 섬이 그리워

안개 속을 헤엄쳐
작은 섬 하나를 만들었다는
희귀한 소식도 들린다.

집 떠나서 길을 잃고 처음 찾아든
낯선 울타리, 낯선 연기, 낯선 벽지
집 떠나서 처음 잠드는 무서운 밤

섬에서 보던 하늘과 구름과
섬에서 보던 나무와 풀밭과

너무도 낯설은 또 다른 섬의
아침과 고요한 대낮이 조약돌처럼
입다물고 굳어 있다.

섬을 잃고 섬을 얻었는지
집을 잃고 집을 얻었는지

바람을 가득 채운 추운 집
칸막이를 바르게 세우고 옥수수
울타리도 촘촘 엮어본다

섬을 떠나 바다로 나가보았고
섬을 떠나 육지에 올라보았지만
섬보다 더 정겨운 곳이 따로 없어

자나 깨나 바다에 떠 있는
섬이 그리워 돌무더기 조가비 무성한
작은 섬 하나 만들고

빗물 모아 웅덩이를 파고
먼 땅의 가을밭이 보고 싶을 때

배추씨앗 무씨앗을 뿌리면서
그리움이 키워낸 푸른 열매덩어리를
다시 바다에 띄워 보낸다고 말한다

섬을 떠나 소식이 끊겨 사라진 사람
바다를 멀리 떠나 길을 잃고
집을 잃고 멀어져버린 사람

집을 세우고 울타리를 쌓고
파릇하게 새싹이 돋는 바람 부는

섬 하나를 홀로 만들고 한 번도
섬을 떠나지 않은 듯 섬과 함께 살고 있다.

묵은 배추 씨앗에서
생명의 여린 살결이 실낱처럼
뻗어 오르고 솟아 오르고

어깨 위로 목덜미로 잎사귀 줄거리가
휘감겨 오고 매달려 오고

잃어버린 집 둘레의 흙냄새 연기냄새
다시 만들어낸 섬에서
다시 세우는 집에서
그 냄새 그 연기를 피워 올린다

그리움으로 조각 조각 짜서 맞춘
아침과 저녁의 엇갈리는 바닷물결

파도는 자리를 바꿀 때마다
참아내고 참아낸 슬픔을 쏟아 보인다.

섬을 떠나 바다로 향해 나갈 때
배고픔처럼 속쓰린 빈 공간에
사람 하나, 감추고 살아보고 싶었지만

섬을 만나 섬을 만들고 집을 세울 때
감춘 사람 꺼내어 살아보고 싶었지만

가슴 스치는 수수밭 텅빈 속삭임이
비어있는 채로 그대로 비어있게 하고
바람을 가득 담아두거나

향긋하고 싱그런 바닷냄새 풀냄새를
가득 담아두거나
그렇게 하라고 귀띔을 한다

바다 위의 외딴섬에서는 멀리 떠난
한 사람을 영영 잊어버렸고

오랜 이별의 끄나풀을 놓지 않고
또 다른 섬을 만든 한 사람은

그가 살던 섬의 돌모양 나무모양
바람이 우는 소리 파도가 부르는
소리를 한시도 잊어본 적이 없다.

죽음이 갈라놓을 때

죽음으로 갈라놓는 이별은
몸부림치며 거부해도
어느 누구 하나 들어주지 않는다

하늘을 산산히 찢어 놓으며
울부짖어도 어느 누구 하나
살피고 거들어 흐르는 핏멍을 싸매주지 않는다

죽음, 그것만은 아무도 도와줄 수
없는 것이라고 멀찌감치
두려워하며 서러워하며 지켜본다

죽음에 관하여 사람들은
말을 잃어버리고 생각을 잃어버리고
몸짓마저 잃어버린다

사랑을 할 때 죽음을 생각지 못했고
미워할 때 또한, 죽음을 생각지 못했고

욕심내고 경쟁하며
서로 험집내며 다툴 때
사람들은 죽음 같은 걸 생각하지 못했다

거울을 보고 단장할 때
죽음을 생각하지 못했고

항아리 속에 감추어둔 마음을
헐어내고 비워내지 못할 때
죽음을 생각하지 못했다.

죽음이 뉘엿 뉘엿 황혼에
사라지는 햇살처럼 신호를 보낼 때

늦었지만 가까운 데 굶주린 아이들이
산다는 다리 아래도 보이고
비워내지 못한 항아리 속도 문득 보인다

죽음의 신호를 보았을 때
생전 보지 못한, 빛이 들어오는
열려진 문을 보기도 한다

이승과의 작별, 그 문턱에서
새로 시작되어 들어갈 세계가
눈이 부시게 보여지기도 한다

누가 말했던가 우리가 부르는
삶은 끊임없는 죽음의 연속이요

우리가 말하는 죽음은 사실상
그때부터 진정한 삶이라고…….

죽음이 우리를 갈라놓을 때
처음 발견한 듯 진정한
사랑을 확인하게 되고

죽음의 절망과 암흑이 보여주는
진실의 목소리를 가려 듣게 되고

얼어붙은 차거움과 맑음과
고요함과 침묵으로

오랜동안 묶이고 얽히고
동여매고 살았던 억압의 사슬에서
풀려난 나비날개의 가벼움을 맛보게 된다.

삶은 시시각각으로 엄습하는
불안과 공포의 죽음을 향하여
예외없이 같은 대열의 행진이 계속되고

죽음은 진정 그때부터
땀 흘린 일, 눈물의 흔적들이

다른 사람의 손으로 넘어가
평가 받고, 인정 받고, 대우 받는다

그 다른 사람 중에는 생전에
가장 괴롭힘을 주던 상대가
역할을 담당하기도 하고

사랑하는 이웃이, 친애하는 후손들이
그 삶과 죽음을 평가하고 정리하기도 한다

죽음이 우리를 갈라놓을 때
더 이상 먼 곳으로의 이별이
허용되지 않을 때

비로소 너는 진정 나의 것이 되고
나는 또한 네곁에 머물 수 있다고
영원을 향한 약속이 가능해진다

삶을 떠나간 이의 뒷모습에는
꽃잎이 흩날리기도 하고
이슬비가 흩뿌리기도 하고

가는 길을 따라 가며
아롱 아롱 아지랑이가 춤추기도 한다.

남아있는 이들은 남겨놓은 그릇을 헤아리고
책꽂이를 바로 세우고
편지와 일기와 수첩을 나란히 펼쳐놓는다

그는 문장과 사연과 문맥 속에서
살아 움직이고, 고뇌하고,
정신의 꼿꼿한 뿌리를 바로 세운다

그후 일 년이 지나고 십 년이 지나고
죽음의 평가는 더욱 높아만 질 때

그는 떠나간 것이 아니라
새로이 다시 시작한 세계를 만들어
어두운 깊이를 보여주고, 그늘진
뒷편을 보여주고, 생전에 보여주지 못하던
아련한 그리움을 저녁 하늘에
붉은 노을 한 조각으로 물들여 보여준다.

사람들은 그가 열 살 때 개울가에서
발가벗고 물장구치던 일을 기억하여
어리고 싱싱한 미역냄새 같은 그를
떠올리고

그가 스무살 때 사랑의 질병으로
죽음 가까이 다가가서
숨져가던 일을 기억하고
열정적 돌개바람의 한 시대를
묵묵히 다시 돌아본다.

그의 삼십대, 시행착오와 반성과
회의로 얼룩진 시리고 허기진 계절을
함께 모닥불로 밤샘하면서

훗날 이루어내려던 횃불과 등대에
매어달린 희망과 절망의 그림자를
우리는 모두 반 쪽씩
간직하고 싶어한다.

우리가 웃으면 그는 울고
우리가 한데 모이면 그는 늘
홀로 떠났던

언제나 곁에서 군불을 지피며
검은 숯덩이처럼 말을 잊어먹던
그는 또 한번 영영 떠나고

어느 양지바른 언덕에
그만을 혼자두고 내려왔지만

우리 중에 누구도 그가 곁에서
없어졌다는 생각을 한 적이 없었다.

그가 살아 있다면 지금은 마흔 살.
그가 지금 여기 서 있다면 나이는 다시
마흔 아홉 살 꽃가루 뿌리던 그 마당
한가운데를 어슬렁거리고 있다고
우리는 믿고 싶은 것이다.

너무 한가하지 말라고 우리를
그가 있는 언덕으로 몰고 올라가고

너무 편안한 것이 불안하다고
그는 우리를 울게 하는지도 모른다.

곁에서 부르는 것처럼 정답게
대응하고 물어보고 슬픈 일 기쁜 일을
같이 슬퍼 하기도 기뻐하기도 한다

뜻대로 되지않음을 고통스러워 할 때
순풍이 불어오는 듯 감미로움이 올 때

그는 강 건너에서 손을 흔들어
조심하라 조심하라 일러주면서

잔치를 벌리고 흥겨움이 즐비해도
뒷덜미의 위험을 미리 짚어보고
가로 막아 방패를 씌워주었다.

흙으로 빚은 영원한 집을 보여주고
돌더미로 쌓은 서늘한 오후를
장식하여 놓고

맑은 바람 가득 가득
우리를 기다린다는 소식은
얼어붙은 겨울이 가고 봄이 오는 소리처럼

청청하게 낭랑하게
귓가를 맴돌고 있다.

누가 말했던가
우리가 말하는 죽음은 사실상
그때부터 진정한 너와 나 삶의
연장이라고…….

고통없는 세계의 열려진
빛의 광장에서 눈부신 아름다움만
보고 사는 그에게

오늘 이곳의 어둡고 침침한
고통의 통로에서 보내는
귀익은 그의 노래를 띄운다

빛의 바다로 흘러가 그에게
다다를 수 있도록
귀에 익고 눈에 익은 옛날의 그의 노래를
띄운다.

우리 중에 누구도 그가 곁에서 없어졌다는 생각을 한 적이 없었다.

이별이 아니면 영영 몰랐으리

이별이 아니면
영영 몰랐으리

아련히 풀꽃같은
당신의 머리카락

땀 흘리며 쌓아 올리던
한 여름날의 모래성

핏빛 노을을 향해
타는 듯이 작아져 가던

긴 그림자의
젖은 눈시울

한 계절 찾아 헤매던
당신이 그리움인 줄

영영 모르고
살았으리

이별이 아니었다면
우리는 마주

더 다가서지도
물러서지도 못할

외나무 다릿목에 묶여
서 있었으리

이별이 아니면
우리는 서로

가장 보고 싶어하는
모습을 보지 못하고

아무도 흉내낼 수 없는
고요한 미소의 비밀을

어디다 놓쳐버린 줄도
모르고 살았으리

사랑하는 일보다
미워하는 일보다

더 큰 그릇 속에
이해하고 용서하는 일이

담겨 있다는 걸
모르고 살았으리

이별이 아니었다면
영영 모르고 살았으리

상처가 아물어
새 날개로 날아보는

아릿한 새벽의 흙 냄새를
맡을 수 없었으리

생각 속에 다시 그려지는
차가운 유리창의 그림자를

그려보고
지워보고 하지 못했으리

입술을 깨물어 뜯는
서러운 인내의 구슬 방울을

한 개씩 나누어
간직하지도 못했으리

이별이 아니었던들
이별이 두고 간

풀씨의 넉넉한 텃밭에 남은 그리움이
갈대처럼 무성하게 자라나고 있는 줄

영영 모르고
살았으리

이별이 아니면
우리는 그저 그대로였을까

이별이 비로소
우리를 만들고

우리가 우리에게
진정 소중하였음을

희미하게 선명하게
가르쳐주고 갔네

가득 채워지지 않은
그 비어 있는 한 구석 때문에

늘 춥고 시리고
늘 떫고 아프고

조금 비어 있는
여백이 아름다운 줄을 모르고

그 빈자리에
바람이 머물다 가고

길을 잃은 산새들이
더듬거리다 가는 곳으로

조금 비어 있어서
무엇이라도 담을 수 있는 여백으로

우리는 그때
알지 못하였네

가까이서 등어리로
웅크리며 말하고

가까이서 목덜미로
숨죽이며 울었었네

이별이 우리의 종말인 줄
아무도 알지 못하고

이별이 우리의 종말이 아닌 줄
아무도 알지 못하였으리

이별이 비로소 우리의
통로를 열어 주었고

막막하여 길이 보이지 않던
우리에게

우리밖에 모르는
빛이 새어드는 통로를 열어 주었네

그 속으로 눈이 내리고
계절이 흐르고

이별의 거리는 멀어지고
이별의 시간은 길어지지만

이별이 아니면 볼 수 없던
비어 있는 여백의 아름다움을

희미하게 선명하게
보여주었네

이별이 아니면
모르고 살았으리

눈부신 광채 앞에
눈이 멀어

무지개를
따라다니고

별빛 반짝이는
한가운데서

서성대고 방황하던
우리에게

어스름 저녁 연기속
보리밭의 피리소리를 들려 주었네

구멍난 지붕과
삐꺽이는 울타리를

바르게 세워주기 위해
아침 수레 위에 가득한

물에 젖은 흙더미를
보여주었네

산이 목 말라하고
호수도 타 들어가고

노래도 잊혀지고
장단도 시들어질 때

난데없는 솔방울이
홀로 궁글고

가시돋친 밤송이가
서로 찌르면서

어디선가 발가벗고
물장구치는 소리

촉촉하고
청청하여

무엇을 놓치고 왔던가
무엇을 버리고 왔던가

뒤돌아보며
다시 돌아보며

아련히 풀꽃 같은
당신의 머리카락

한 세월 찾아 헤매던
당신이 그리움인 줄

영영 모르고
살았으리

이별이 아니었다면

한 세월 찾아 헤매던 당신이 그리움인 줄 영영 모르고 살았으리.

이별에 관한 사색

지은이 / 박정희

펴낸이 / 一庚 장소님

펴낸곳 / 도서출판 답게

초판인쇄일 / 1997년 4월 10일
초판발행일 / 1997년 4월 15일
주소 / 137-064 서울시 서초구 방배4동 829-22호
원빌딩 201호
등록 / 1990년 2월 28일, 제 21-140호
전화 / 편집 591-8267, 영업 537-0464, 596-0464
팩시밀리 / 594-0464
ISBN 89-7574-078-1 02810

나답게 · 우리답게 · 책답게

값 3,000원
잘못된 책은 바꾸어 드립니다.